AF314604

LA RAISIN

COMÉDIE

Représentée, pour la première fois, à Paris, sur le théâtre impérial
de l'Odéon, le 20 octobre 1855.

LA RAISIN

COMÉDIE EN DEUX ACTES, EN VERS

PAR

ROGER DE BEAUVOIR

PARIS

MICHEL LÉVY FRÈRES, LIBRAIRES-ÉDITEURS

RUE VIVIENNE, 2 BIS

1855

PERSONNAGES

LE DUC D'ANTIN, gouverneur des Pages.	MM. BUTHIAU.
LE MARQUIS DE CANILLAC, secrétaire intime du Duc.	GILBERT.
BÉLUS, vieux souffleur de l'Hôtel de Bourgogne.	THIBON.
SAINTE-MAURE.	RIGA.
DE BIRAN.	H. PETIT.
LE CHEVALIER DE GRIGNAN, page du Dauphin.	Mmes F. GRANGÉ.
LE CHEVALIER DE FLEURY, page de la pantoufle.	SOLANGE.
LE CHEVALIER DE RAVANNE, page de la chambre.	ANTONIA.
ANTOINE, valet du Duc.	MM. BOUIN.
UN OFFICIER, personnage muet.	ERNEST.
LA RAISIN, comédienne.	Mmes PÉRIGA.
PAQUETTE, sa fillente.	MARIA-REY.
GARDES, VALETS, PIQUEURS.	

La scène se passe à Meudon, dans une petite maison du Duc d'Antin.

Au premier rang des poëtes qui ont sanctionné, dans la presse parisienne, le succès de la comédie nouvelle de M. Roger de Beauvoir, s'est placé M. Méry, dont nous sommes heureux de livrer ici l'appréciation au public.

(L'Éditeur.)

. . . .

Une comédie en vers! voilà une aubaine! voilà ce qui ne se verra plus, à la fin du siècle présent; et ce sera un grand malheur pour la comédie. Oui, la plus charmante des formes scéniques menace de disparaître; le progrès de la charpente doit tuer le style et le vers, c'est une question d'horloge. Quand les grecs se firent charpentiers, avec leur cheval de bois, le poétique *Ilium* s'écroula. Toute chose belle fait son temps. L'artifice est fils de l'art, et il doit finir par un parricide. Les hommes de métier l'absoudront. Elle est tombée en agonie, cette pauvre comédie en vers, le jour où Robert-Houdin s'est mis en scène, avec ses gobelets, ses muscades, ses escamotages, ses surprises, ses ficelles, ses innombrables *ciel!* et qu'il est parvenu à faire cinq actes avec ces ingrédients et à les faire avaler comme un verre d'eau. Dans les beaux jours de la grande Thalie, le poëte se contentait d'une intrigue simple, et le public aussi. Que trouve-t-on dans *les Plaideurs* de Racine et dans *la Métromanie* de Piron? pas l'ombre de l'imbroglio, pas le moindre fil de chanvre; une action légère et suffisante qui ne distrait jamais du style et du vers, car le style a un intérêt égoïste, et le vers réclame toujours sa liberté d'action. Si vous compliquez trop l'intrigue, adieu le beau langage; adieu la grâce de la rime, la ciselure du mot, le prestige de la diction! Les yeux se font oreilles; l'esprit tombe en surdité. On voit que, dans les deux admirables chefs-d'œuvre de style et de langue, *les Plaideurs* et *la Métromanie*, les deux poëtes ont caressé la forme avec un soin religieux, et qu'avant tout, ils ont voulu parler une langue exquise dans ses moindres détails.

Voyez le chemin que nous avons fait depuis! Nous avons à subir des exigences formidables à l'endroit de la comédie; après un travail inextricable de charpente, il faut encore que le drame intervienne au milieu du rire. Une comédie qui exciterait l'hilarité publique pendant cinq actes n'aurait pas chance de succès. Dans nos soixante années de discordes civiles, nous n'avons pas assez versé de larmes véritables, nous demandons encore à l'auteur qu'il nous fasse pleurer, avec la rieuse Thalie, et devant des malheurs de carton peint. Nous sommes possédéde la rage de pleurer ; nous ne pleurons pas assez dans nos maisons ; nous n'avons pas assez traversé de fléaux de tout genre ; nous n'avons pas ouvert assez de tombeaux, il nous faut encore des pleurs, toujours des pleurs ! toujours des succès de larmes ; au théâtre, après notre dîner, avant notre sommeil ; nous voulons pleurer encore dans nos rêves. Il nous restait la comédie ; tant pis pour la comédie ! Pourquoi est-elle gaie ? Qu'elle se fasse triste ; qu'elle nous fasse pleurer ! Que Thalie se munisse de lacrymatoires, et, si elle n'en a pas, qu'elle en emprunte à sa sœur ! La vie est courte ; nous n'avons plus le temps d'épuiser le réservoir de nos larmes ; pleurons partout dans cette *vallée de larmes*. Plus de *Plaideurs*, plus de *Métromanie* ; on riait trop. La vie n'est pas faite pour rire. Desséchons nos yeux, brûlons nos paupières, portons au théâtre des *parepleurs*. Le masque de Thalie doit être aujourd'hui une figure de Janus ; sourire d'un côté, larmes de l'autre. « Messieurs, *voyez nos larmes*, » s'écriait autrefois Racine dans *les Plaideurs*, et ces larmes de petits chiens éplorés excitaient un rire fou. Fausse monnaie de larmes, nous n'en voulons plus ; nous demandons à pleurer sur cette pauvre famille canine, sur ces *enfants* quadrupèdes *qu'on veut rendre orphelins* ; nous voulons noyer notre mouchoir à la tragédie des *Plaideurs ! l'époque est *lacrymose*. Depuis les sinistres convois de nos fléaux et de nos révolutions jusqu'aux glorieuses funérailles de la Crimée, nous n'avons pas assez gémi, il faut du luxe à nos lamentations. O sainte comédie, fais-moi pleurer ! O dramaturges, donnez-nous des succès de larmes ! Pleurons à domicile, pleurons en loges, pleurons dans la rue, pleurons jusqu'à la mort ! Nous rirons après.

En voyant notre Thalie moderne voilée à l'Artémise et drapée à la Biétry, portant d'une main une marotte et de l'autre un lacrymatoire ; en voyant l'artifice matériel de l'escamotage se faisant héritier de l'art et du style, un de nos plus charmants écrivains, M. Roger de Beauvoir, a hésité bien des années avant d'écrire une comédie en vers, suffisante du côté de l'intrigue, exubérante du côté de l'esprit. L'autre soir, en écoutant ce délicieux ouvrage, je n'ai pu me défendre d'une obsession de tristesse en songeant aux jours trop nombreux que Roger de Beauvoir a perdus en doutant de lui ou de son époque. Quoi ! me suis-je dit, voilà un homme du monde qui connaît son Paris mieux que personne ; voilà un homme d'esprit qui aurait inventé l'esprit si Ovide ne l'eût pas inventé ; voilà un auteur dramatique qui a eu de beaux succès de théâtre ; un romancier qui a écrit des livres ravissants ; un poëte qui est maître de sa belle rime, de son hémistiche, de son dialogue, de sa tirade, de tous les secrets de la comédie moderne, et cet homme nous donne une comédie en vers pour la première fois en 1855 ! et il semble avoir peur en la livrant au théâtre ; il s'excuse de sa hardiesse ; il supprime les annonces préalables de l'affiche ; il prend toutes les précautions imaginables pour échouer ! toutes ces timidités d'un bel et grand esprit n'arrivent qu'aux vrais poëtes, mais ne prouvent-elles pas que la comédie en vers a fait son temps, et qu'elle se retire devant le drame en prose et en pleurs ?

Dès l'année 1838, Roger de Beauvoir parlait à ses amis de son projet

d'écrire une comédie en vers ; c'était une belle époque de poésie et
d'art. Il y avait alors un salon à jamais regrettable, rue Grange-Bate-
lière, n° 4, un vrai temple, avec l'avant-dernière des muses : (Mme de Gi-
rardin, la femme par excellence a été la dernière). Mlle Taglioni, la
poésie incarnée, recevait là toutes les célébrités des arts ; elle avait dans
son esprit le charme de ses pieds divins ; elle dansait en parlant. Fêtes
à jamais perdues ! Roger de Beauvoir était le plus radieux convive de
ces festins, le plus élégant danseur de ces bals de Terpsichore : per-
sonne n'avait plus d'esprit que lui, dans ce cercle où tout l'esprit des
lettres était convié. Un jour, en s'asseyant à table à côté de Mlle Ta-
glioni, il trouva sur sa serviette les vers suivants, encore inédits (1) :

ROGER DE BEAUVOIR.

Jeune seigneur du moyen âge,
Qui par la mort fut oublié,
Noble artiste en pèlerinage,
Avec Van-Dick il fut lié ;

Il a visité la Castille,
Le front ombragé d'un cimier ;
Il fut reclus à la Bastille
Au siècle de François premier ;

Seigneur de joyeuse folie,
Aimant tous ceux que nous aimons,
Avec Brantôme, en Italie,
Il courait au delà des monts.

Il a revêtu la cuirasse,
Il a fondé les Rose-Croix ;
Sur des chevaux de noble race,
Il a jouté dans les tournois ;

Artiste, chevalier, poëte,
Il a parcouru l'univers,
Tenant à sa main toujours prête
Le pinceau, l'épée ou les vers.

Il s'est fait, en galant jeune homme,
Notre contemporain, ce soir ;
Ainsi qu'au vieux temps, on le nomme
Le sire Roger de Beauvoir !

Anténor Joly, l'ami si regretté de tous, lut ces vers ; la reine de la
danse daigna les applaudir et porta un toast au jeune contemporain de
Brantôme, dont la gracieuse statuette venait d'être ciselée par Dantan,
et se montrait aux vitrines de Susse, à côté de Taglioni et de Fanny
Elssler ; privilège qui depuis a été celui de bien d'autres illustrations, et
qui aurait pu alors paraître prétentieux, si le créateur du genre n'eût été

(1) On reconnaît à cette touche fine un homme dont l'esprit sera toujours le
délateur, Méry, l'auteur charmant de tant d'œuvres étincelantes.

Note de l'Éditeur.

Roger de Beauvoir. Ce fut dans cette soirée de la rue Grange-Batelière
que les amis du poëte l'excitèrent vivement à écrire une comédie en vers.
Que de grands noms se sont éteints depuis ce jour ! Que d'amis nous avons
conduits aux cyprès de la nécropole ! Que de ministres se sont évanouis
comme des ombres vaines ! Que de crises orageuses ont éclaté sur le
forum ! *insanumque forum !* comme dit ce grand Virgile, et le poëte a
gardé sa brillante jeunesse d'esprit, sa gaîté des plus beaux jours, ses
amitiés de tous les régimes, ses saillies de tous les instants, et il nous a
donné sa comédie promise, avec l'hésitation du lauréat académique, qui
va, pour la première fois au feu de la rampe, et compte plus sur la dé-
faite que sur le succès.

Le succès a été grand, légitime, il sera durable.

Je ne dirai pas que la comédie de Roger de Beauvoir est *écrite en
vers faciles.* Cet éloge banal n'a jamais su ce qu'il signifiait. Il n'y a plus
de vers faciles. Il y a de bons et beaux vers qui doivent être ce que la si-
tuation veut qu'ils soient ; des vers qui jaillissent d'un bloc de l'esprit
du poëte, la rime emportant l'idée, ou l'idée emportant la rime, sans
qu'on puisse deviner à laquelle des deux l'initiative appartient. Le
comble de l'art est de donner toujours ce problème à résoudre. Roger
de Beauvoir enchâsse toujours sa pensée dans un alexandrin de la
plus belle eau ; il ne délaye rien et met la grâce dans la sobriété. Sa rime
enchante l'oreille, et je ne saurais trop le féliciter du soin qu'il apporte
aux désinences heureuses. La rime est la seule richesse du vers fran-
çais, car notre langue n'a pas le nombre, l'harmonie, l'éclat, la ca-
dence des langues anciennes, et, sans la grâce suprême de la rime
d'élite, il n'y a plus de vers français ; il y a des rimes boiteuses et des
sons qui chantent faux. L'esprit que Roger de Beauvoir a semé à pro-
fusion dans sa comédie m'étonne moins ; je trouve fort naturel qu'un
millionnaire habille ses fauteuils avec des tissus malines ; cette dé-
pense est obligée et ne ruinera pas. Beau langage, dialogue tendre ou
fringant, versification irréprochable, chose si rare, voilà ce qui consti-
tue la nouvelle comédie de Roger de Beauvoir. Il y a, par intervalles,
quelques-uns de ces mots qui font poindre une larme dans un coin de
l'œil, ce qui ne gâte rien. Dieu me garde de mal parler de ces larmes
suaves et pudiques qui naissent même dans la joie, et dont la source est
mystérieuse, comme celle du Nil !

Les jeunes artistes de l'Odéon ont joué très-lestement cette œuvre
fine et charmante. Mademoiselle Périga est très-applaudie dans le rôle
de la Raisin ; mademoiselle Pauline Grangé est décidément une grande
comédienne, à son aise dans tous les rôles ; elle porte le costume de page
comme un Chérubin achevé. Thiron est excellent dans le souffleur Bélus ;
jamais un très-jeune homme n'a mieux su se déguiser en vieillard.
Buthiau a été plein d'élégance dans le rôle du duc, et mademoiselle
Maria Rey joue à merveille celui de Paquette. La *Raisin* ne sortira plus
du répertoire de l'Odéon ; c'est un bijou acquis à perpétuité.

MÉRY.

LA RAISIN

ACTE PREMIER

Le théâtre représente un petit salon style Louis XIV, richement meublé, tenant
à une serre donnant sur le bois de Meudon.

SCÈNE PREMIÈRE

ANTOINE, PAQUETTE.

ANTOINE, *s'essayant, un gobelet à la main et une serviette sur le bras.*

Offrir le gobelet au roi!... Le bel office!
Je le remplirai bien!... C'est de toute justice.
Monseigneur m'a promis de me pousser!... D'honneur.
Il aime trop le ciel pour mentir... Monseigneur !

(Apercevant Paquette qui vient d'entrer et qui pousse un éclat de rire.)

Tiens, je n'étais pas seul.

(S'approchant d'elle et examinant la broderie à laquelle elle va travailler.)

Le charmant nœud, Paquette !
A qui destinez-vous une œuvre si coquette?...

(A part.)

Moi qui de sa vertu m'étais fait champion !..

(Haut.)

Vous travailliez fort bien de l'aiguille!...

PAQUETTE, *à part, avec humeur.*

Espion !

(Haut.)

Allez plus loin, monsieur, répéter votre rôle...

ANTOINE, *à part.*

J'y vais. Je saurai bien pour qui ce nœud d'épaule.

(S'asseyant de nouveau devant la glace, avec son gobelet.)

A boire pour le roi !

PAQUETTE.

Fi! ce n'est pas le ton.

ANTOINE.

A boire pour le roi!

PAQUETTE, travaillant à sa broderie.

Le plus mince hoqueton
Dirait mieux...

ANTOINE, découragé.

Non, jamais je n'aurai cette place.
A boire!...

PAQUETTE.

Mais pourquoi, monsieur, cette grimace
Horrible à voir?...

ANTOINE.

Il faut que j'étudie encor!...

(Bruit de trompe dans la forêt.)

PAQUETTE, se levant.

On chasse près d'ici.

ANTOINE.

Vraiment oui, c'est le cor.

PAQUETTE, laissant sa broderie.

Je me sauve!

ANTOINE, allant au fond et regardant.

Pourquoi? Tenez, ce sont les pages
Du roi!

PAQUETTE.

Ces étourdis, prendre les équipages
De monseigneur le duc d'Antin, leur gouverneur!
Que dirait-il? Mon dieu! Le duc est en faveur,
Mais ombrageux, jaloux, de ma belle marraine,
La Raisin! Pour lui seul elle a quitté la scène...
Renoncer au théâtre à son âge!

SCÈNE II.

LES MÊMES, LE CHEVALIER DE GRIGNAN, RAVANNE, FLEURY, en costume de chasse, un fouet à la main.

FLEURY, dans la coulisse.

Par où?..

PAQUETTE, descendant la scène.

Par ici.

RAVANNE.

Quel chemin à se rompre le cou!
Entrons toujours...

FLEURY, à Paquette.

Si c'est l'hôtesse, elle est gentille.

(Il l'embrasse.)

PAQUETTE.

Laissez-moi.

FLEURY.

Non.

PAQUETTE.

Eh bien!

FLEURY, se piquant au corsage de Paquette.

Peste soit de l'aiguille!

GRIGNAN.

Paquette, il faut ici que je voie à l'instant
Ta marraine... Va, cours, je dois secrètement

(A Paquette qui s'est arrêtée près de la porte à droite.)

Lui parler... Qu'attends-tu?..

PAQUETTE, à part, tristement.

Moi, rien... Il vient pour elle!

(Elle sort à droite.)

SCÈNE III.

LES MÊMES, moins PAQUETTE.

ANTOINE, observant Grignan.

Le chevalier!

FLEURY, à Grignan.

Dis-nous le nom de cette belle?
Je suis discret.

RAVANNE.

Voyons?

FLEURY.

Mais quel air soucieux!
Comment, toi, notre maître... hardi, leste, joyeux,
Tu soupires?... D'honneur, si tu connais ce gîte,
Grignan, fais grâce à toi qu'on nous serve au plus vite.
N'est-il donc rien à boire en ce lieu, s'il te plaît?

(Montrant Antoine qui répète devant la glace.)

Que nous veut ce maraud avec son gobelet?

(Lui prenant le gobelet, et d'un ton ferme.)

A boire! comme au roi!

ANTOINE.

C'est le ton que je cherche.
Il l'a trouvé!...

FLEURY.

J'attends! Un hibou sur sa perche
Est moins laid. Versez donc!... Le faquin est de plomb.
Savez-vous bien qu'ici j'admire votre aplomb,
Mon cher?

ANTOINE, à part.

L'impertinent!

FLEURY.

Apprenez donc, maroufle,
Que mon nom est Fleury, page de la pantoufle.
Grignan l'est de la chambre. Ainsi, versez, mon cher.

ANTOINE, fièrement.

Je ne tiens point auberge!

FLEURY.

Ah! vous faites le fier!
Je me verserai bien moi-même.

(Lui prenant le gobelet et se versant. Jetant le vin.)

Oh! qu'il est aigre!

Pouah! Mais au lieu de vin, vous vendez du vinaigre,
Monsieur!
(Allant au buffet.)
Ah! ce buffet.
(Le visitant.)
Il est vide. Merci.
Les pages, je le vois, n'ont rien à faire ici.
Nous vous baisons les mains. Oui, Monseigneur lui-même,
Allez! n'observe pas mieux que vous le carême.
(A Grignan.)
Serviteur! Je rejoins la chasse. Ah ça, viens-tu,
Grignan?

GRIGNAN.

Non, je demeure.

FLEURY.

Il faut de la vertu.
Le sommelier, ma foi, vaut le vin. Quel visage!

RAVANNE, allant à Grignan.

Chevalier, tu deviens sérieux... C'est dommage...
Tu tournes à l'églogue en vrai berger Lycas!...

FLEURY, à Ravanne.

Partons, car le voilà rêveur comme Brancas!
(A Grignan.)
Quelque amour pastoral! Chevalier, je t'admire.
(S'en allant.)
A ce soir.

GRIGNAN.

Au château!

SCÈNE IV.

GRIGNAN, PAQUETTE, ANTOINE, LA RAISIN

GRIGNAN, voyant venir la Raisin, (à part).

Ce que je dois lui dire,
Je le sais, mais j'ai peur!

LA RAISIN, congédiant Antoine.

Antoine, laissez-nous.
Vous (A Paquette), Paquette, sortez.

GRIGNAN, avec vivacité et se jetant aux genoux de la Raisin.

Oh! j'embrasse vos genoux,
Madame, de vous seule, oh! j'attends un service.

LA RAISIN.

Qu'est-ce? que voulez-vous?

GRIGNAN.

Ici votre caprice
Fait la loi, vous régnez...

LA RAISIN, avec intérêt.

Mais parlez, chevalier,
J'ai ma dette envers vous... puis-je donc oublier
Qu'à Paris certain soir...

GRIGNAN avec feu.

Près de la Comédie,
C'est vrai, vous en sortiez... une foule étourdie
S'attachait à vos pas, chacun voulait de près
Voir ces yeux pour la scène allumés tout exprès;
Ces lèvres de corail, cette taille de fée,
Ces cheveux !... vous alliez enfin être étouffée,
Quand un mousquetaire ivre ose alors s'avancer,
Vous prend le bras... cet homme a beau vous courroucer,
Il insiste... poursuit sa brutale équipée,
Puis tout d'un coup recule, aux lueurs d'une épée :
C'était la mienne !

LA RAISIN.

Oh! oui, je vous verrai toujours.

GRIGNAN, galment.

Ah! cela m'a valu le lit pendant huit jours,
Il tirait proprement...

LA RAISIN.

Mon Dieu, que puis-faire
Pour vous?

GRIGNAN.

J'ai sur les bras une méchante affaire,
Il faudrait me cacher.

LA RAISIN.

Quoi, chevalier, ici ?

GRIGNAN.

Vous me donnerez bien à souper?

LA RAISIN.

Grand merci.

Le duc qui doit venir!

GRIGNAN.

Raison de plus...

LA RAISIN.

Que j'ose

Affronter son humeur!

GRIGNAN, soupirant.

Si vous saviez la cause

Qui m'amène en ces lieux! J'aime!

LA RAISIN.

Parlez plus bas.

Chevalier...

GRIGNAN.

Ma cousine...

LA RAISIN, à part.

Ah! je respire!...

GRIGNAN.

Hélas!

Vous ne l'avez point vue, oh! non! c'est la filleule
Du duc.

LA RAISIN.

Serait-ce vrai? Diane de Courseulle?

Une enfant!

GRIGNAN.

Elle vient d'avoir ses dix-huit ans,

J'étais son fiancé... depuis six mois j'attends;
Monseigneur, chaque jour, m'oppose mes folies...
La dernière surtout!... (à part.) C'est une des jolies.
Il faut qu'en vérité je vous la conte! Hier,
C'est tout frais, vous voyez...

LA RAISIN, souriant.

Oui, je vois...

GRIGNAN.

En enfer,

D'après notre aumônier, j'irai droit!... A l'office

Auprès de Monseigneur nous étions de service,
Moi, du Roure et Montmor, attendant qu'il lui plût
De nous laisser souper, car c'était le salut!...
Le roi, toute la cour enfin, parait ce temple,
Où pour sa piété, le cher duc sert d'exemple.
Soudain, on croit le voir rougir, muet, confus;
Dans le livre qu'il tient, Monseigneur ne lit plus;
Il le referme, il l'ouvre, on dirait qu'il le gêne...
D'où vient cet embarras?... Vous le saurez sans peine,
Quand je vous aurai dit qu'échangé dans sa main,
Ce Missel était loin d'être un Missel romain;
Dieu n'avait rien à voir avec ce maudit tome :
C'était...

LA RAISIN.

Eh! bien?

GRIGNAN, riant.

C'était les Dames de Brantôme!

LA RAISIN.

Vous êtes mal alors auprès du duc, chevalier!

GRIGNAN.

Après tout, ce n'était là qu'un tour d'écolier,
Mais il en a pris texte, et m'a, par pénitence,
Aux arrêts pour dix jours relégué d'importance.

LA RAISIN.

Aux arrêts!

GRIGNAN, gaîment.

Mais, je sais, ma foi, comme on en sort!
Il va venir... d'un mot il peut changer mon sort :
Dites-lui que pour voir un instant ma cousine
Je me résigne à tout... oui, fût-ce à sa cuisine!
Dites-lui...

(On frappe.)

LA RAISIN.

Chut!... on frappe! ô ciel! on vient ici!
Cachez-vous, imprudent! vous me perdez!

(Lui montrant la porte à gauche.)

GRIGNAN, se cachant.

Merci!

Oh! merci mille fois

SCÈNE V.

LA RAISIN, BÉLUS.

LA RAISIN, sur le devant de la scène, sans voir Bélus.

C'est Monseigneur, je tremble!

BÉLUS, entrant.

Raisin!

LA RAISIN, étonnée.

Quoi! vous, Bélus!

BÉLUS, avec joie.

Enfin! tous deux ensemble!

Je puis donc vous parler.

Sommes-nous seuls?

LA RAISIN.

Voyez.

BÉLUS, après avoir regardé vers le fond.

Laissez-moi tout d'abord vous regarder... Croyez
Que ce n'est point ici, Raisin, la simple envie
De voir ma fille, après son changement de vie;
Ma fille!... ce doux nom, oh! vous l'avez porté
Avant que d'enchaîner le public transporté.
Vous étiez mon élève, oh! oui, je m'en fais gloire;
De votre enfance, ici, gardez-vous la mémoire?
C'est tout ce qui me reste, à moi votre souffleur,
A moi qui vous voyais croître ainsi qu'une fleur,
Et qui vous donnai tout, hélas! jusqu'à mon gîte,
Mon Dieu! que vous étiez belle toute petite!

(Essuyant une larme.)

Mais pardon, près de vous ce soir j'ai dû courir,
Et je n'ai guère ici le temps de m'attendrir,
L'heure presse.

(Il va à la fenêtre et lui indique un carrosse arrêté sous les arbres.)

LA RAISIN, étonnée.

Comment! à qui cette voiture?...

BÉLUS.

A moi, parbleu!

LA RAISIN.

Daignez m'expliquer l'aventure ;
Je ne devine pas...

BÉLUS.

Raisin, je suis venu
Vous chercher...

LA RAISIN.

Me chercher ?...

BÉLUS.

                    Mais je vous suis connu ;
De vous seule il dépend de fuir cette demeure,
Il faut que vous partiez, il faut qu'avant une heure
Nous atteignions tous deux les portes de Paris.

LA RAISIN.

Êtes-vous fou, Bélus ?

BÉLUS.

                    Quand vous aurez appris
Ce qui m'amène... allez... il s'agit d'une affaire...

LA RAISIN.

Enfin ?...

BÉLUS.

          Je viens, au risque ici de vous déplaire,
Vous parler de théâtre et vous solliciter...

LA RAISIN.

Le théâtre ?... à jamais il m'a fallu quitter...

BÉLUS.

C'est au nom de Raisin... je tente une prière...
Raisin fut votre époux et l'ami de Molière...
Un pareil souvenir !...

LA RAISIN.

          Hymen précipité,
Cher Bélus !... Le grelot de l'infidélité
Fut attaché par lui ; Raisin, dans vos coulisses,
De son vivant passait pour aimer vingt actrices.
Jouant, couru, fêté, cité même en haut lieu,
Il dînait de Lafare et soupait de Chaulieu.
Du reste, acteur parfait, j'en conviens sur mon âme,

Mais il n'aurait pas dû me prendre pour sa femme.
Sans compter que parfois, au cabaret voisin...

BÉLUS.

(Avec un enthousiasme comique.)

Il buvait?... C'est un culte à ton nom, cher Raisin!

(A part.)

Grâce à sa femme, au moins le sien sera célèbre...
Et celle-ci s'entend en oraison funèbre!

LA RAISIN.

Enfin, que voulez-vous?...

BÉLUS, mystérieusement.

                    Depuis bientôt trois mois,
Auteurs et directeurs chez nous sont aux abois;
Baron élu par eux, pour conjurer l'orage,
De son constant exemple en vain les encourage;
Malgré tous ses efforts le public est d'airain,
Molière mort, il court aux bancs de Tabarin;
Le théâtre est désert et la troupe en déroute,
Boursault, Boursault lui-même! est en proie à la goutte;
Jugez de quel effroi nous sommes accablés!
Cet hôtel de Bourgogne, aux abords si peuplés,
Ces marquis, ces seigneurs, qui faisaient des banquettes
Un écrin tout mouvant de perles, de paillettes,
Et que je maudissais, quant à moi, de bon cœur,
Quand sur mon humble trou tombait leur œil moqueur,
Réduits à se compter entre eux!... ignominie!
Et de la troupe en deuil soupçonnant l'agonie,
Tous des premiers, voulant hier nous bafouer,
Ont écrit sur nos murs : Hôpital à louer!...

LA RAISIN.

Serait-il vrai?...

BÉLUS.

            Baron, dans ce péril extrême,
N'a trouvé de parti d'abord que dans lui-même.
Il eût fallu le voir... là, pour l'honneur du corps!
Répondant aux acteurs, haranguant les recors,
Promettant à ceux-ci qu'on payerait l'éclairage,
A ceux-là que Boursault donnerait un ouvrage.
Que sais-je, moi?... Jamais général n'a promis

Tant de butin, d'argent, aux soldats insoumis!
Mais le délai fatal... hélas! demain expire.

LA RAISIN.

Quoi! demain?

BÉLUS.

Si Baron abdique son empire,
Si l'or ne revient pas à nos coffres taris...

LA RAISIN.

Eh bien?

BÉLUS.

Il faut demain que nous quittions Paris.
A l'emploi de Béjart, où votre sœur excelle,
Elle renoncera!

LA RAISIN.

Mon Dieu! quelle nouvelle!
Suis-je assez malheureuse?... Ah! mais, du moins, prenez
Ces diamants... ils sont dans ce coffret... tenez...

(Elle les présente à Bélus.)

BÉLUS.

Quoi!... des bijoux, de l'or?

LA RAISIN.

C'est toute ma richesse,
Elle est à vous.

BÉLUS.

Bon cœur! digne d'être princesse!
Mon élève, pourtant!...

(A part.)   (Haut.)

Oh! non, gardez cet or.

LA RAISIN, blessée.

Ah! Bélus!

BÉLUS.

Nous voulons un tout autre trésor.
Votre talent!... Vous seule, en conjurant l'orage,
Pouvez nous rendre à tous l'espoir et le courage.
Et si vous hésitez... eh bien! je suis porteur...

(Lui présentant un papier.)

De ce mot... Aisément vous en saurez l'auteur:
Il se confie en vous. Cours, m'a-t-il dit; sa bouche
Dictera notre arrêt.

LA RAISIN.
Un tel billet me touche.
Bélus.. mais je ne puis...

BÉLUS, avec feu.

Oh! si, vous le pouvez.
Nous vous chérissons tous, et vous nous le devez.
Que vous demandons-nous? Qu'une fois sur la scène
Vous remontiez pour nous, la recette est certaine.
Oui, vous nous sauverez; car, vous partie, hélas!
Notre troupe n'est rien, le parterre en est là.
— Raisin! — s'écriait-il l'autre soir en colère.
C'est votre faute à vous, si vous sûtes lui plaire.
Il faut lui revenir, oui, ne fût-ce qu'un soir.
On donne le Muet, vous devez le savoir.
Le rôle de Zaïde est à vous; le théâtre,
Dans ce rôle charmant, toujours vous idolâtre.
Que l'on revoie enfin ce talent noble et pur!
La Poisson, la Brécourt, en vont mourir, c'est sûr :
Mais, Baron!... je le vois sur le bord d'une loge,
Avidement penché, recueillir votre éloge,
Admirer ces beaux yeux, ce sourire enchanteur!
De ce soir, grâce à vous, le voilà directeur.
Il mande le caissier, il solde l'étuviste,
Il déjoue un essaim de limiers à sa piste,
Le théâtre était vide; ô prodige! il s'emplit.
De nos rivaux ligués l'astre voisin pâlit.
Il a suffi d'un soir et de votre baguette
Pour que chaque marquis reprenne sa banquette!

LA RAISIN, rêveuse.

Le rôle de Zaïde ?... on s'y souvient de moi
Vraiment?...

BÉLUS.

Vous le teniez en reine de l'emploi.
Que vous étiez charmante en tunique de moire!
Je secouais alors bien mal votre mémoire.
Moi, votre vieux souffleur, tant je tenais mes yeux
Sur les vôtres fixés; alors j'étais aux cieux!
Si bien qu'à la réplique, à trois fois infidèle,
Au lieu de vous souffler... j'ai mouché la chandelle!

LA RAISIN, souriant.

C'est vrai, pauvre Bélus!

BÉLUS.

Ainsi, c'est convenu,
Je vous enlève! Ici, je ne suis point connu,
Nul ne me trahira... Je viendrai, soyez prête!
On vient! c'est Monseigneur! au moins tenez-lui tête,
Notre sort en dépend.

(On sonne à la porte du parc.)

LA RAISIN, inquiète.

Le duc! ciel! cachez-vous!

(Il fait un pas vers le cabinet où est caché Grignan.)

Non, pas de ce côté!

(Elle le fait entrer dans le cabinet, au second plan à droite.)

SCÈNE VI.

LA RAISIN, LE DUC, SAINT-MAURE, BIRAN, CANILLAC.

LE DUC, à la Raisin, d'un air riant.

Fidèle au rendez-vous,
Vous voyez...

(Il lui baise la main. Bas, à Canillac, qui est au fond.

Aux aguets toi, Canillac, demeure.
Qu'est-ce qu'on me disait, madame, tout à l'heure?
Que vous vouliez me fuir, pour un couvent, à Tours?
Que vous ai-je donc fait?... Avec moi des détours!
N'êtes-vous point ma vie? et dans cette demeure
N'ai-je pas, grâce à vous, souvent oublié l'heure?
J'arrive auprès de vous souper en liberté.
Ce souper...

LA RAISIN.

Par Antoine il doit être apprêté..
Je vais...

LE DUC, l'arrêtant.

Non, demeurez... Personne en mon absence
N'est venu ?

LA RAISIN, inquiète.

Vraiment, non !...

LE DUC.

Voyez la médisance !
On prétendait qu'ici vous vous amusiez fort.

LA RAISIN, souriant d'un air forcé.

Vrai mensonge de cour !

LE DUC.

N'est-ce pas qu'ils ont tort,
Ces conseillers jaloux ?... Vous vivez solitaire,
Près du bois de Mendon, à l'ombre du mystère.
Qui pourrait en ce lieu vous rappeler Paris ?

LA RAISIN.

L'on ose m'accuser ?

LE DUC.

Moi, je n'ai rien appris !...
Nul ne m'a dit qu'ici d'une comédienne
Vous regrettiez vraiment la dépouille payenne.
Et vous avez raison !

(La Raisin sonne. Paquette paraît à droite.)

SCÈNE VII.

LE DUC.

C'est vous, la belle enfant ?

PAQUETTE, au duc.

Antoine n'est pas là, mais rien ne vous défend
De souper. A moi seule, ici, je le remplace.

(Sur un signe de Paquette, deux valets en livrée apportent une table servie.)

LE DUC, à part.

Antoine absent ! Le drôle, allons, perdra sa place !...

(A La Raisin, pendant les préparatifs du souper.)

De jour en jour plus belle !

(A part.)

Elle a l'air inquiet.
Observons.

PAQUETTE.

Monseigneur, votre souper est prêt.

SAINT-MAURE, à Biran.

As-tu faim?... J'ai, Biran, un appétit du diable...

BIRAN, bas à Saint-Maur.

Nous allons faire maigre encor !

LE DUC.

Messieurs, à table !

(Tous s'asseyent, deux domestiques servent. *)

Vous, Saint-Maure, ici ; vous, Biran, là ! Fort bien.

PAQUETTE, à part, au fond à gauche, regardant le cabinet où est Grignan.

Et dire que lui seul ne mangera de rien
Ce pauvre chevalier ! oh ! mais j'y veille.

Et l'autre,

Le vieux souffleur !...

(Elle prépare une seconde assiette.)

LE DUC, à la Raisin.

Eh bien ! quel chagrin est le vôtre?
Quoi ! vous ne mangez pas?

(Aux deux seigneurs.)

C'est un pâté de thon,

Messieurs... il est exquis...

SCÈNE VIII.

LES MÊMES, ANTOINE, accourant.

ANTOINE, se jetant aux pieds du Duc.

De cent coups de bâton,
Monseigneur, frappez-moi, je suis un misérable !...

LE DUC.

Toi ?

---

* Le Duc, La Raisin, Saint-Maure, Biran, Paquette, au fond, Grignan et Bélus cachés.

ANTOINE.

Je viens de commettre une erreur déplorable !
Ce pâté !...

LE DUC.

Parle, eh bien ?...

ANTOINE.

Je ne le savais pas !
Pour vos pages, hélas ! c'était un pâté gras.

LE DUC se lève. Les domestiques emportent la table.

Pour mes pages, comment ?... un pâté gras ?

ANTOINE.

Ma bête,
La voici !... C'est Grignan, ce page malhonnête
Qui l'avait commandé. Mon valet s'est trompé...

PAQUETTE.

Il est trop tard, ma foi, monseigneur a soupé !
(A part.)
Ah ! le bon tour !

LE DUC, à Antoine.

Va, fuis, maraud, de ma présence !
Mes pages, il paraît, aiment peu l'abstinence !
Qu'en dites-vous, Biran ?

BIRAN.

Un tel récit, je crois,
Vous perdrait, s'il venait aux oreilles du roi !

PAQUETTE, à part.

Pauvre duc !... Ah ! vraiment, il fait peine !

LE DUC.

Petite,
Laisse-nous.

PAQUETTE.

Monseigneur ! oh ! je m'enfuis bien vite ;
(A part.)
Quelque orage va fondre en ce lieu, c'est prudent !

Elle s'éloigne.

2

LA RAISIN, à part.

Je tremble !

(Au Duc.)

Qu'avez-vous?

LE DUC.

Malheur à l'imprudent

Qui se serait joué de moi !

(À part.)

Trouver encore

Sur mes pas ce Grignan?...

(Bas à La Raisin.)

Demain, avant l'aurore,

Il faut que vous partiez...

LA RAISIN.

Quoi ! partir !...

LE DUC.

Il le faut.

On me blâme, madame, et dans un lieu trop haut,
Chez le roi... l'on épie avec soin mes absences ;
On me surveille, enfin... La cour en médisances,
Par malheur, est féconde. Il faut que pour Angers
Vous partiez. — La province offre moins de dangers.

(Remontant vers les deux seigneurs.)

Et Biran, votre guide...

(La voyant rêveuse.)

A quoi donc pense-t-elle ?

(Apercevant le billet de Bélus dans son corsage.)

Un billet !...

(Avec un empressement contraint.)

Mais comment trouvez-vous la dentelle
Que Florensac pour moi vous porta l'autre jour?...

(À part.)

Elle veut le cacher... c'est un billet d'amour....

(Haut.)

Que cachez-vous donc là ?...

LA RAISIN.

Moi? rien...

(Grignan paraît à la porte.)

LE DUC.

Votre main tremble.

Vous n'avez pas pour moi de secrets, ce me semble ?

Malgré le préjugé qui prétend qu'aux époux,
Aux époux seuls, il sied d'être parfois jaloux,
Permettez...

LA RAISIN.

Monseigneur...

LE DUC.

Ce billet, je l'exige...

BIRAN, examinant la corbeille de Paquette.

Un nœud d'épaule ici!

SAINTE-MAURE, admirant le travail.

D'honneur, c'est un prodige!

LE DUC, à la Raisin.

Ah! vous brodiez ici pour mes pages, vraiment!

LA RAISIN, interdite.

Ce ruban...

LE DUC.

Vous tremblez: ce page est votre amant!

(Impérieusement.)   (Le parcourant.)
Et ce billet... Lisons!... L'odieuse imposture!
Mon hymen avec vous!... Il est sans signature,
Ce billet!... Répondez, qui donc vous l'a remis?
(Elle se tait.)
Sainte-Maure, Biran, approchez, mes amis;
Vous n'êtes pas de trop. Voyez si de moi-même
Se joue imprudemment la perfide que j'aime!
Dans cette épître écrite avec un font trompeur,
On daigne m'appeler un vrai valet de cœur!
Valet du roi, s'entend! — On travestit ma vie,
Dont vous, — Raisin, — étiez, hélas! la seule envie,
Le seul but!...

LA RAISIN, interdite.

Cet écrit...

LE DUC, avec force.

Est calomniateur.
Il accuse à la fois mon esprit et mon cœur...

(A ses amis.)

Voyez plutôt!...

(Il leur montre la lettre. Continuant, à la Raisin.)

La chose est facile à comprendre :
Chez lui, — voyez, — ce soir, vous priant de vous rendre ;
Ce rival vous supplie ; il vous presse... Chez lui !
Dites, quel est cet homme?... Antoine est d'aujourd'hui
Chassé par moi!... Je veux... j'ordonne!... Un tel silence,
Madame, songez-y, va le perdre d'avance.
Son nom?...

LA RAISIN, avec effort.

M'est inconnu.

LE DUC.

Mensonge que cela !
Ah! vous courez le guet pour le voir!... Oui, voilà
Son ruban ; cette lettre est de lui, plus de doute !

LA RAISIN.

Monsieur le duc, j'ignore...

LE DUC.

Apprenez qu'on redoute
Un peu plus les galants.

(Appelant.)

Canillac !

SCÈNE IX.

LES MÊMES, CANILLAC.

CANILLAC.

Me voici !

LE DUC, montrant la Raisin.

Madame, dès ce soir, devra partir d'ici ;
Canillac, au château, prenez un équipage.

(A La Raisin.)

Les couvents de Paris, madame, rendent sage...

(A Canillac.)

Celui des Filles-Dieu...

GRIGNAN, entr'ouvrant la porte du cabinet où il est caché (à part).

L'ai-je bien entendu ?
Le couvent de Diane !

LE DUC, à Cadillac.

Au rapport qui m'est dû,

(A part.)

Songez avant demain. Pour cette lettre infâme,

(A La Raisin.)

Oh! j'en saurai l'auteur!... A demain, donc madame!
Adieu! (Il sort avec Sainte-Maure et Biran.)

SCÈNE X.

LA RAISIN, puis GRIGNAN.

LA RAISIN.

De sa fureur comment prévoir les coups?
Bélus me reste seul en ce péril!

(Les deux portes des cabinets s'ouvrent en même temps. Au moment où Bélus va
sortir, il aperçoit Grignan et rentre vivement. Grignan s'avance vers La Raisin.

C'est vous.
Chevalier... Je ne puis... je n'ai rien à prétendre
Sur Monseigneur... Adieu! je pars sans rien entendre.

(Elle rentre dans le cabinet où est Bélus.

SCÈNE XI.

GRIGNAN, puis PAQUETTE.

GRIGNAN.

Eh bien! elle me laisse! elle s'enfuit!... Ma foi,
Le champ d'honneur me reste. Allons, chacun pour soi!
Le duc en est jaloux ; sans doute elle l'accuse,
Et moi, je le bénis!... Aider ainsi ma ruse,
Me frayer vers Diane un chemin complaisant!
Ah! vive son geôlier!... Le tour sera plaisant ;
Mais il me faut quelqu'un pour me servir...

(Apercevant Paquette.) Paquette...
C'est le ciel qui l'envoie!... Elle sera discrète,
Je l'espère, du moins.

PAQUETTE, étonnée.

Monsieur le chevalier!

GRIGNAN, indiquant la chambre où il était caché.

Moi-même! en pareil lieu, craignant de m'ennuyer,
Je prends l'air, tu le vois. Que je te rende grâces

2.

De ton souper d'abord. Merci! Deux tranches grasses
D'un excellent pâté!... Monseigneur l'a jugé
Hérétique, c'est vrai; mais moi, je l'ai mangé!
Tiens! un second baiser; car je suis fou de joie!

PAQUETTE, à part.

Qu'a-t-il?

GRIGNAN.

De Monseigneur la bonté se déploie
En ma faveur... Je suis ravi de lui!

PAQUETTE.

Vraiment?
D'où peut donc vous venir un tel contentement?
Je vous croyais moins bien avec lui.

GRIGNAN.

Le vent change.
Telle est la cour, Paquette. Apprends-le, c'est un ange
Que Monseigneur!

PAQUETTE, à part.

Eh! mais un masque au carnaval
(Haut.)
Est moins gai!... Vous allez peut-être à quelque bal,
Monsieur le chevalier?

GRIGNAN, sans l'écouter.

C'est admirable, unique!
Figure-toi Gygès et son anneau magique.
Je puis ce que je veux; je le puis dès ce soir!

PAQUETTE, à part.

Serait-il fou?... Mon Dieu! qu'est-ce qu'il va vouloir?
Un nouveau tour, je gage!

GRIGNAN.

Il te faut à mon aide
Venir dès à présent.

PAQUETTE.

Parlez... qui ne vous cède
Quand vous priez?... Voyons...

GRIGNAN.

Il me faut un habit

De femme... à ta marraine. Il le faut; il s'agit
De son salut, du tien!

PAQUETTE, à part.

Sa folie est certaine!

(Haut.)

Une robe pour vous... celle de ma marraine!

GRIGNAN.

Eh! oui!

PAQUETTE.

Vous vous moquez certainement de moi.

GRIGNAN.

Je ne me moque point.

PAQUETTE.

Vous seriez neuf, ma foi,
Dans ces habits... Voyez un peu la belle femme!
C'est donc au bal masqué que vous allez en dame?
Vous n'êtes pas trop mal. — ma; — mais contentez-vous
D'être page... Dieu fit la toilette pour nous.

GRIGNAN.

Mais je te dis...

PAQUETTE.

Encor! C'est donc une gageure?

GRIGNAN, suppliant.

Paquette!...

PAQUETTE.

Vainement ici l'on me conjure.
Et ma marraine donc! reparaître à ses yeux
Après cela... jamais!

GRIGNAN.

Va, fais-lui mes adieux.
Il m'en coûte en ce jour vraiment si je la laisse.
Sache donc seulement qu'ici je m'intéresse
A son destin. Elle est en péril!

PAQUETTE.

Quoi! vraiment?

GRIGNAN, avec feu.

Mais je vais la sauver par ce déguisement.
Hâte-toi!...

PAQUETTE.

Dès l'instant que, grâce à cette ruse,
Vous la sauvez, je vais...

GRIGNAN.

Dis-lui pour mon excuse
Que je viens de partir...— Je ne dois plus la voir.
Tu jures de te taire au moins jusqu'au revoir!

PAQUETTE.

Je me tairai.

GRIGNAN.

C'est bien; je scelle ma promesse.
Par ce baiser, Paquette!

PAQUETTE.

Allons! puisqu'il nous laisse,
Qu'il emporte du moins ce souvenir!...
(Elle lui donne le ruban qu'elle brodait au lever du rideau.)

GRIGNAN.

A moi
Ce beau ruban?... J'en suis indigne, par ma foi.
(Le serrant dans sa poitrine.)
Va, je le défendrai!

PAQUETTE, souriant avec malice.

Vous aurez fort à faire.
(Lui indiquant la deuxième porte à gauche.)

GRIGNAN.

Où me conduis-tu donc?

PAQUETTE.

Là, c'est un vestiaire
Complet; mais gardez-vous, monsieur, du moindre bruit!

GRIGNAN.

C'est bien, je serai prêt! A demain!

PAQUETTE.

Bonne nuit!
(Grignan entre vivement. Au moment où Paquette ferme la porte, elle aper-
çoit La Raisin qui entre mettant sa mante.)

Ma marraine!...Mon Dieu! l'on dirait qu'elle pleure,

SCÈNE XII.

PAQUETTE, LA RAISIN, puis BÉLUS et GRIGNAN.

LA RAISIN.

Vite! vite! Bélus!...
     (Apercevant Paquette.)
           Je pars dans un quart d'heure,
Je te laisse, Paquette. Oh! comment t'oublier,
Toi que je chéris tant! Dis-moi, le chevalier
Est parti?

PAQUETTE.

    (Haut.) Vous avez deviné. (A part.) Quel mensonge!
Il est parti. Mais vous, oh! n'est-ce point un songe?
Pourquoi me fuir? pourquoi?...

LA RAISIN.

            Tu le sauras plus tard,
Chère enfant. La raison commande ce départ.
Crois-moi, ne pleure pas une si courte absence.
Paquette, j'ai promis. Déjà l'heure s'avance;
Je dois te dire adieu.
            (Elle l'embrasse.)

PAQUETTE.
    J'aurai si peur ici
Toute seule!

LA RAISIN.
    A demain!

PAQUETTE.
    A demain'

BÉLUS.
       Les voici,
Madame...

LA RAISIN.
    La voiture?...

BÉLUS.
    Ici près est cachée.

Sous ces arbres en vain leurs yeux l'auraient cherchée.
Partons...

LA RAISIN, à Paquette.

Adieu, Paquette !

PAQUETTE.

Adieu !

(La Raisin sort précédée de Bébus, qui tient une lanterne.)

SCÈNE XIII.

PAQUETTE, GRIGNAN, puis CANILLAC.

GRIGNAN, en femme, sortant du cabinet à gauche.

C'est à mon tour.

Me voilà bien, ma foi ! par ordre de la cour
On va me prendre... Allons ! au couvent de Diane,
Sous ce déguisement, j'entrerai, moi profane !

(A Paquette qui rentre.)

Ai-je l'air d'une femme ?... oh oui !... j'entends, ma foi !
Les exempts.

(Il arrange son costume et souffle la bougie qui est sur le guéridon.

CANILLAC, rentrant, à ses hommes.

Rangez-vous.

(A Grignan.)

C'est un ordre du roi,

Je vous arrête...

GRIGNAN, contrefaisant sa voix.

Moi !

CANILLAC, lui montrant l'arrêt.

Voici la signature

Du ministre ! partons !

PAQUETTE, à part.

Quelle étrange aventure !

CANILLAC, à ses gens.

Aux Filles-Dieu, messieurs !

PAQUETTE, allant à Grignan.

Ah ciel ! c'est un couvent

De femmes !... c'est trop fort !

GRIGNAN, lui mettant la main sur la bouche.

Tu me perds !

CANILLAC, au fond, à ses hommes.

En avant

PAQUETTE.

Un pareil trait d'audace !

GRIGNAN.

Attends-moi, bon courage.

Il sort avec Canillac et ses hommes.

PAQUETTE, à part.

C'est égal, dans pareil couvent ! un pareil page !

FIN DU PREMIER ACTE.

ACTE DEUXIÈME

SCÈNE PREMIÈRE.

CANILLAC, LE DUC.

LE DUC, entrant vivement.

A nous deux maintenant, j'écoute ton rapport.

CANILLAC.

Monseigneur, il est court. Arrivés à bon port,
Nous avons tous les deux vu la supérieure.
La belle est écrouée en la sainte demeure,
Et voici le reçu qu'on m'en a délivré.

(Le lui donnant.)

LE DUC.

A merveille! Et, dis-moi, n'a-t-elle pas pleuré
Dans la route?...

CANILLAC, à part.

Mentons.

(Haut.)

Elle a d'une amour folle
Donné vingt fois la preuve, oh! oui, sur ma parole.
Pas un mot contre vous, un silence profond.
Comment la supposer coupable dans le fond?...

LE DUC, impatienté.

J'admire comme ici ton amitié l'excuse.

CANILLAC.

Oui, je veux la sauver, quand même tout l'accuse.

Vous êtes bien vengé d'ailleurs, car ce couvent
Est un lieu que l'amour aborde peu souvent;
Jamais je n'ai tant vu de cadenas, de grilles,
Et ma foi, s'il les prend, il ne rend pas les filles.

LE DUC, avec colère.

Eh bien! tant mieux!...

SCÈNE II.

LES MÊMES, BIRAN, SAINTE-MAURE, arrivant sans voir
d'abord le Duc.

SAINTE-MAURE.

Honneur et gloire à la Raisin!

BIRAN.

Quelle femme!...

LE DUC, d'un ton sévère.

Messieurs, du cabaret voisin

Sortez-vous?...

TOUS DEUX, interdits.

Monseigneur!

LE DUC.

Quelle est cette allégresse?...

SAINTE-MAURE.

Monseigneur, pardonnez, mais c'est un jour d'ivresse
Pour nous, pour vous surtout : la Raisin, qui l'eût cru?
Hier sur le théâtre enfin a reparu.

LE DUC, très-étonné.

Qu'entends-je?

CANILLAC, de même.

Qu'est ceci?...

SAINTE-MAURE.

D'honneur, c'est la nouvelle

Du jour. Dans *le Muet*, mon Dieu! qu'elle était belle!

LE DUC.

Le Muet, la Raisin?

BIRAN.

On peut voir de ce jour

Ce qu'une actrice gagne à prendre l'air de cour!

3

LE DUC, à part.

Est-ce un pari?...

SAINTE-MAURE.

Jamais on ne vit souveraine
Plus fêtée... on eût dit le retour d'une reine!...
Baron l'a ramenée, et les bouquets de fleurs
Formaient alentour d'elle un arc aux cent couleurs.
Que vous avez bien fait, vraiment, de nous la rendre!
A de plus hauts succès elle voudra prétendre,
On sait par quel lien son sort est enchaîné;
Vous avez respecté ce retour fortuné.
On ne vous a point vu, mais les yeux du parterre
Cherchaient de votre loge à percer le mystère.

LE DUC, à part.

Est-ce un rêve?

CANILLAC, de même.

Raisin sur la scène! Au couvent
Je l'ai conduite hier!...

LE DUC.

Vous êtes plus savant
En nouvelles que moi, monsieur de Sainte-Maure!

SAINTE-MAURE.

Quoi! vous ne saviez pas?...

BIRAN.

Quoi! Monseigneur ignore?...

SAINTE-MAURE.

Nous venions...

BIRAN, au Duc.

Qu'avez-vous?...

SAINTE-MAURE.

Pareil trouble...

LE DUC, se remettant.

Qui? moi...

BIRAN et SAINTE-MAURE, se retirant.

Nous vous laissons.

LE DUC,

Messieurs, au revoir! chez le roi.

(Biran et Sainte-Maure sortent.)

SCÈNE III.

LE DUC, CANILLAC.

LE DUC.

Eh bien?

CANILLAC.

Vous m'en voyez anéanti.

LE DUC.

J'enrage.

(Haut.)

Et pourtant, Canillac, voilà de votre ouvrage :
Cette supérieure, il faut me la quérir!
Tu verras que Raisin aura su l'attendrir
Par quelque beau discours. Ces femmes ont des larmes
A volonté!

CANILLAC.

Calmez, monseigneur, ces alarmes :
Peut-être en ce moment est-elle de retour
A ce couvent, je vais...

LE DUC.

C'est un infâme tour!...
Il faut qu'à ce couvent tu te rendes sur l'heure,
Tu demandes d'abord cette supérieure.
Tu la menaceras de mon juste courroux.
Qui vient de ce côté?... Paquette!... Laisse-nous.
Peut-être que par elle...

(Canillac sort.)

SCÈNE IV.

LE DUC, PAQUETTE.

LE DUC.

Eh! quoi! c'est vous, Paquette?
Depuis quand avez-vous quitté votre retraite?

PAQUETTE, d'un air chagrin.

Depuis que ma marraine en est partie, hélas!
Je l'attends, Monseigneur, elle ne revient pas,
J'ai pensé que par vous...

(Examinant le salon.)

LE DUC.

D'hier, votre marraine
A fui, répondez-moi ; vous connaissez sans peine
Sa demeure, parlez?... Vous la vîtes partir,
Ne vous dit-elle rien?...

PAQUETTE, à part.

Dois-je ici lui mentir?

Le chevalier...

LE DUC.

Eh bien !

PAQUETTE.

En vérité, j'ignore
Quel motif loin de nous peut l'arrêter encore.
(A part.)
Non, je ne dirai rien, je ne le perdrai pas!. .

LE DUC.

Ainsi, vous n'avez point hier suivi ses pas?
Vous ne pouvez savoir?...

PAQUETTE.

Demi-morte, éperdue,

J'arrive ici!

LE DUC.

Paquette...

PAQUETTE.

Eh bien!

LE DUC, voulant l'éprouver.

Elle est perdue.

PAQUETTE, effrayée.

Perdue, avez-vous dit? perdue!... ah! Monseigneur!

LE DUC.

Et vous aussi.

PAQUETTE.

Qui?... moi?

LE DUC.

Trahissant son honneur,

Infidèle, parjure...

PAQUETTE.

Oh! Monseigneur, de grâce!

LE DUC.

Et qui la défendra?

PAQUETTE.

Moi! malgré sa disgrâce,
Moi qui l'aime... Et quel est son crime devant vous?
Oui, je ne vous croyais que soupçonneux, jaloux...
Mais ingrat... Quelle femme a réformé sa vie
Plus vite, Monseigneur, au gré de votre envie?
Vous avez des lauriers plus beaux, plus éclatants,
Elle a mis à vos pieds les siens avant le temps,
Dédaignant pour vous seul les bravos du parterre,
Belle et jeune, elle vit obscure, solitaire,
A vos moindres souhaits conformant ses désirs,
Et ne voyant entrer chez elle aucuns plaisirs;
N'ayant en tout que moi dans son humble retraite,
Pour adoucir l'ennui de sa douleur secrète,
Ne me parlant jamais, oh! jamais, du passé,
Du théâtre, en son cœur promptement effacé;
Douce, facile à tous, affable, généreuse,
Si calme, Monseigneur, qu'on la croirait heureuse.

LE DUC.

Est-ce vrai?...

PAQUETTE.

Demandez, Monseigneur, à Meudon,
Quel pauvre est de son seuil reparti sans un don,
Un bienfait, dont souvent se tait la bienfaitrice?
Quand elle fait le bien, elle n'est point actrice
Celle-là! Mais sa bourse est à tous, quand son cœur,
Vous le savez trop bien, n'est qu'à vous, Monseigneur.

LE DUC, à part.

Comme elle la défend!

PAQUETTE.

Tenez! je ne puis croire
Qu'on vous ait fait sur elle une méchante histoire.
Elle vous a trahi, dites-vous?... L'on vous ment.
Moi je restais près d'elle... où donc est cet amant
Si fortuné, si fier, qu'il lutte avec un prince?

Ce sont là, Monseigneur, des fables de province,
On veut la perdre, on veut la noircir à vos yeux,
Non, vous ne l'aimez pas!... un mensonge odieux
Aurait-il, sans cela, sur vous autant d'empire?

LE DUC.

Eh bien! oui, j'en conviens, je l'aime et ne respire
Que pour elle!...

PAQUETTE.

Qu'entends-je?...

LE DUC.

      Eh bien! oui, je te crois
Paquette, sur son cœur je conserve mes droits;
Oui, ma gentille enfant, oui, toujours cette femme
Aura, je le sens bien, la moitié de mon âme.
Qui mieux que cette ingrate a l'art de captiver?...
Elle t'aime, c'est vrai... mais tu peux la sauver,
Un mot de toi, ce mot échappé de ta lèvre
Va calmer à l'instant mon délire et ma fièvre.
Dis-moi ce que tu sais, ce que tu dois savoir!
Tu connais en ce lieu mon absolu pouvoir,
On exécutera tes ordres, oui, commande!...
Pour la première fois, songe que je demande!

PAQUETTE.

Des larmes dans ses yeux!... dois-je lui dire?...

LE DUC.

       Eh bien?...

PAQUETTE, à part.

Trahir le chevalier... jamais!...

    (Haut.)

     Je ne sais rien,
Monseigneur.

LE DUC.

Réfléchis.

PAQUETTE.

Croyez-moi.

LE DUC.

     Je me lasse!:..

PAQUETTE.

Je jure par le ciel !...

LE DUC.

Je pourrai faire grâce

A la Raisin !...

PAQUETTE, à part.

Oh ciel !

LE DUC.

Réponds-donc, réponds-moi !...

PAQUETTE, troublée.

Monseigneur, je ne puis...

LE DUC, avec colère.

Ah !... c'est trop, sur ma foi,

(Il sonne, un Officier paraît.)

Qu'on garde cette fille ici : sur votre tête
Vous m'en répondrez seul, monsieur.

(Il rentre dans ses appartements.)

SCÈNE V.

PAQUETTE, seule.

Oh ! je suis prête
A mourir s'il le faut, mais je tiens mon serment :
Le chevalier m'a dit de me taire... Comment
Lui fallait-il pour fuir l'habit de ma maîtresse ?
Que fait-il au couvent ?... Mais elle !... l'heure presse,
Et je suis prisonnière ici !...

SCÈNE VI.

RAVANNE, FLEURY, PAQUETTE.

FLEURY, voyant Paquette.

L'aimable enfant !

C'est Paquette !

RAVANNE.

Paquette en cet appartement !...
Qu'y vient-elle chercher ?...

FLEURY.

Voyons, parlez, la belle.
Notre protection au château vous plaît-elle ?...

C'est un terrain glissant que la cour, et je croi
Que ce qu'il vous faudrait c'est un page du roi !...

PAQUETTE.

Un instant !...

FLEURY.

Oh!... je sais que je n'ai pas la mine
De Grignan, qui, pour vous, du moins je l'imagine,
Poussait de gros soupirs, hier , comme à présent
Il en pousse, à vrai dire, en un lieu moins plaisant;
Mais le lieu n'y fait rien...

PAQUETTE.

Lui! que voulez-vous dire?
Serait-il en prison, mon Dieu? ..

FLEURY.

Je veux en rire,
Ma foi, jusqu'à demain!

RAVANNE.

L'excellent tour, Fleury!

FLEURY.

N'est-ce pas que le roi lui-même en eût bien ri?

PAQUETTE.

De grâce, expliquez-vous...

FLEURY.

Enfin, voici la chose!...
Hier, je ne sais trop quelle métamorphose
Il a prise, mais, bref, Grignan a pénétré
Dans un gîte où jamais page n'était entré.

PAQUETTE , vivement.

Au couvent?...

RAVANNE.

Quoi?... déjà vous connaissez sa ruse?

PAQUETTE.

Moi ? non!

FLEURY.

C'est un amour violent qui l'excuse
Il adore un objet divin , délicieux,

Que Monseigneur voulut cacher à tous les yeux
Dans ce couvent...

PAQUETTE.

Mon Dieu!...

FLEURY, à Paquette.

Qu'avez-vous?...

RAVANNE.

La filleule

Du duc?...

FLEURY.

Eh! vraiment oui... Diane de Courseulle!

(A Paquette.)
Vous pâlissez?...

PAQUETTE.

Moi! rien! Quoi! vous croyez vraiment

Qu'il l'aime?...

FLEURY.

Il en est fou; j'ai tort assurément
De vous dire cela, vous pourriez le redire,
Le hasard a pris soin hier de nous instruire.
Ne nous trahissez pas, on le croit aux arrêts
A Meudon! Avec vous nous sommes indiscrets,
Mais il connaît, je crois, votre belle maitresse,
La Raisin. A son sort, ah! qu'elle s'intéresse,
Si Monseigneur apprend, ma foi, ce nouveau tour!
Adieu! nous l'attendons pour fêter son retour

(A Ravanne.)

Au jeu de paume... ici tout près... Je crois, Ravanne,
Qu'elle l'aime!...

(Ils sortent par les appartements du Duc.)

SCÈNE VII.

PAQUETTE seule, puis LA RAISIN.

PAQUETTE.

Il est là près de cette Diane
Que je ne connais pas, il l'adore... c'est clair!
Et c'est moi qui l'aidais... dans sa fuite d'hier!...
Moi qu'il trompait ainsi! le traître!... c'est infâme!

3.

Mais je puis le punir... me venger... je suis femme!
(Allant au bureau de Canillac.)
Un billet pour le duc... un mot... il est perdu!...

LA RAISIN, entrant par la porte secrète, premier plan à droite.
Tu ne le perdras pas!...

PAQUETTE.
Mon Dieu! qu'ai-je entendu!
Ma marraine! madame!...

LA RAISIN.
Oh!... dis ta sœur, Paquette.
Dans ce palais j'ai pu me glisser en cachette.
Je te retrouve enfin! mais tu pleures, je croi?
Tu maudissais Grignan, il m'a sauvée, oui, moi,
Grâce à lui, j'ai séché bien des larmes cruelles;
Plus tard, tu sauras tout ; mais dis... quelles nouvelles?
Monseigneur, l'as-tu vu?... que pense-t-il, mon Dieu?
Réponds donc!...

PAQUETTE.
A l'espoir il faut dire adieu,
(Redescendant la scène et lui montrant les Gardes dans la galerie.)
Moi-même, dans ce lieu, voyez, on m'emprisonne.
Si je garde jamais le secret de personne
A l'avenir, je veux...

LA RAISIN,
Qu'as-tu donc?...
PAQUETTE, à elle-même.
Imposez
Silence à votre cœur, osez nier, osez
Mentir!... pour qu'en retour un ingrat vous trahisse!

LA RAISIN.
Que murmures-tu là?...

PAQUETTE.
Je dis que ce complice,
Ce Grignan, que je viens de sauver aujourd'hui,
Est un perfide, un monstre.

LA RAISIN.
Un monstre, dis-tu? lui,
Grignan?... mais où serais-je à présent sans sa ruse?

Ce pauvre chevalier ! quoi ! ta bouche l'accuse !
Va, tu ne m'aimes pas ! Quand la nuit a surpris
Notre carrosse, hier, aux portes de Paris,
Juge de ma stupeur en voyant sa figure !
Les gens de Monseigneur entouraient la voiture ;
Mais lui, levant un store, à mes yeux s'est offert.
Alors, j'ai tout compris !... Oh ! comme il a souffert !

PAQUETTE.

J'en doute !

LA RAISIN.

Apprends-le donc, ce cloître ou la Bastille
C'est de même, Paquette, ou a livré sa grille
Sur ce pauvre Grignan ; il me semble le voir,
Son grand voile baissé, triste, morne au parloir,
Épiant un rayon dans ces corridors sombres
Et regardant passer les sœurs comme des ombres !
Je veux le délivrer, je veux...

PAQUETTE, ironiquement.

Gardez-vous bien,
Madame, de troubler un calme si chrétien.
Oui, vous, le délivrer ?... c'est un acte profane.

LA RAISIN.

Railles-tu ?...

PAQUETTE.

Moi, railler !... il est près de Diane,
De Diane qu'il aime ; hier en vous sauvant,
Ce n'était pas pour vous qu'il courait au couvent,
Mais bien pour l'y trouver ! oh ! je sais tout, madame !
Ce pauvre chevalier que vous plaignez dans l'âme,
Que vous voulez sauver, il est heureux, et moi !...
Moi je pleure, voyez !...

LA RAISIN.

Des larmes !... et pourquoi ?...

PAQUETTE.

Je l'aime !...

LA RAISIN.

Pauvre enfant !...

PAQUETTE.

Ce que vous m'allez dire

Je le devine ici, d'avance on peut prédire
Où vous conduit l'amour d'un page!... A leur abord ,
On tressaille, on s'émeut, on est folle, d'accord,
Pour un bout de ruban, pour quelques équipées ,
Quelques éclairs jetés le soir sur leurs épées,
Leurs éperons luisants dans l'herbe du jardin,
Leurs gants brodés, posés sur votre bras!... Soudain
Le cœur se trouble, un feu dans vos veines circule,
On se bâtit bien vite un roman ridicule;
Ou aime l'un d'entre eux, puis l'on voit, sort moqueur,
Qu'il en aimait une autre, avant vous dans son cœur!...
C'est cela, n'est-ce pas?...

LA RAISIN.

                    Oui, tu dis vrai, Paquette.
Nous sommes le volant, ces messieurs la raquette!
Tu l'aimais, je le vois. Il te faut l'oublier!...

PAQUETTE.

Quel autre ne l'eût pas aimé ce chevalier,
Quand il venait le soir, cherchant à reconnaître
Notre humble maisonnette, à la verte fenêtre,
Quand les cheveux flottants et baignés de sueur,
Pâle, et voyant au seuil une faible lueur,
Il entrait attachant son cheval à la porte,
Heureux, comme un enfant qu'un fol amour transporte,
Vous parlant de la cour, des fêtes et du roi,
Du duc, son protecteur et son mortel effroi,
Des dames du palais à la danse enivrante,
De mille bruits enfin, dont j'étais ignorante,
Si bien que, lui parti, dans ses beaux habits d'or,
En rêvant, je croyais, hélas! le voir encor?

LA RAISIN.

Il n'y faut plus penser.

PAQUETTE.

                    Oh! non! pourtant je songe
Que je l'eusse aimé tant, sans ce vilain mensonge.

LA RAISIN.

Un fou!...

PAQUETTE.

Vous dites vrai; mais il l'enlèvera,

Cette femme, madame !... Oh ! quand il me verra,
(Bruit de voix dans la coulisse.)
Je veux... Quel est ce bruit ?
LA RAISIN, inquiète.
C'est Monseigneur sans doute.
PAQUETTE, reconnaissant la voix de Grignan.
Cette voix !... soyons calme ici... quoi qu'il en coûte.
C'est lui !...
LA RAISIN, reconnaissant la voix de Grignan, allant au fond.
Grignan !
GRIGNAN, du dehors.
Faquins, je suis page, ouvrez-moi
La porte !...

SCÈNE VIII.

LES MÊMES, GRIGNAN.

LA RAISIN, à Grignan.
Vous ici ! c'est vous que je revoi !
En croirai-je mes yeux ?
GRIGNAN.
Moi-même, en pleine fuite !...
J'ai lassé les limiers ardents à ma poursuite...
J'ai crevé deux chevaux ; j'allais comme le vent.
J'en eusse crevé trois, pour fuir de ce couvent !
Allez, si je revois cette sainte demeure,
Je veux que l'on me pende à sa grille et sur l'heure !
LA RAISIN.
Qu'avez-vous ?
GRIGNAN.
Ce que j'ai ?... J'aimerais mieux, je croi,
N'être, pendant six mois, d'aucun ballet du roi !
Figurez-vous... tenez, je suis d'une colère...
LA RAISIN, riant.
Ce pauvre chevalier...
GRIGNAN.
D'abord, pour me complaire,
Cette supérieure a près de moi placé

Une duègne affreuse, hydre du temps passé,
Qui, le nez barbouillé de son tabac d'Espagne,
M'a dit les yeux baissés : « Que Dieu vous accompagne,
Ma sœur ! Dormez en paix, car tout est bien fermé.
Bonsoir, ma sœur ! » Dormir ! quand j'étais affamé !
J'espérais bien sortir de ma noire cellule.
J'en pousse le volet ; tout d'un coup je recule,
Une chaise de poste attendait dans la cour.
Ciel !... qu'y vois-je monter ?... L'objet de mon amour,
Celle pour qui j'avais réclamé votre place,
Diane, on l'emmenait ! Un sombre effroi me glace,
Je veux crier, courir : je maudis mes verroux...

LA RAISIN.

Et qui donc l'enlevait ainsi ?

GRIGNAN.

                        Qui ?... Son époux !
Un seigneur familier du roi dès son enfance,
Le marquis de Saint-Luc ! ils s'en vont en Provence
Dans un manoir affreux, une caverne, un trou !
La colombe est enfin adjugée au hibou,
Et moi, désespéré, sous mes habits de nonne,
Moi, j'appelais en vain, il n'est venu personne !

PAQUETTE.

Tant mieux !... le ciel est juste !...

GRIGNAN.

                        Espérer le sommeil,
C'était se consoler après un coup pareil.
Moi, je veille habillé, songeant à cette injure.
Au matin une clef grince dans ma serrure.
Grand Dieu ! c'est Canillac !... Il crie, il veut vous voir ;
Je m'ajuste et rabaisse alors mon voile noir,
Et, lui tournant le dos, j'ouvre un livre bien vite,
Ayant l'air de prier tous les saints.

PAQUETTE, à la Raisin.

                        L'hypocrite !

GRIGNAN.

« Ne l'interrompez pas, monsieur, » lui dit la sœur
Avec un air rempli de béate douceur ;
« De sa conversion voici le premier gage :

Elle prie, une actrice ! » Il repart ; moi j'enrage,
Je m'ennuie en ces murs où j'étouffe ; j'en sors,
Laissant la robe au diable ; enfin j'étais dehors,
Quand, au sein du tumulte, une voix nasillarde
Crie au meurtre !... au secours !... au voleur !... à la garde !...
C'était ma surveillante, hélas ! se laissant choir
En voulant me poursuivre aux marches du parloir !...

LA RAISIN, riant.

Vous voilà le héros d'une belle aventure,
Chevalier !...

GRIGNAN.

J'en rirais sans l'affreuse voiture
Qui m'emportait mon bien, mon espoir le plus doux,
Diane !...

LA RAISIN.

Elle ignorait qu'elle était près de vous,
Sans doute ?...

GRIGNAN.

Eh ! que m'importe ? Elle est fourbe, infidèle.
Oh ! mais, croyez-le bien, je veux me venger d'elle.
Si je savais du moins avec qui me venger !
Une pause.)
Vous, par exemple !... vous !...

LA RAISIN, riant.
N'allez pas déroger.

Une comédienne !

GRIGNAN.
Oh ! devant peu, je jure
De laver dans le sang du mari cette injure !

PAQUETTE, ironiquement.

Il est vieux, dites-vous ?...

GRIGNAN.
C'est vrai, je dois laisser

Le soin de ma vengeance à sa femme !... Penser
Qu'elle m'aimait pourtant et m'écrivait sans cesse !
Madame, croyez-en la fureur qui me presse,
Je veux faire la cour à toutes... Oui, je veux...
                              (Il lui prend la main.)

LA RAISIN, l'arrêtant.

Chevalier, je n'ai pas de droits à vos aveux;
Paquette, observe au moins, si personne n'écoute.

GRIGNAN.

Vous ne m'aimez donc pas?...

LA RAISIN.

Je vous plains.

GRIGNAN.

Oui, sans doute,
Après ce que j'ai fait pour vous!

LA RAISIN, souriant.

Non, pas pour moi,
Pour une autre, Grignan!

GRIGNAN.

Je vous donne ma foi
Que si je ne suis pas aimé, devant une heure,
Par une femme, il faut qu'à vos genoux je meure.

LA RAISIN.

Qui, vous, mourir?... Un page! Allons, rassurez-vous.
Non, vous ne mourrez pas. Tenez, vous autres fous,
Vous ne voyez jamais qu'on vous aime!

GRIGNAN, dans un embarras timide.

De grâce,
Oh! parlez! Dans quel cœur ai-je pu prendre place?...

LA RAISIN, à mi-voix.

Dans un cœur de seize ans!...

GRIGNAN.

De seize ans?...

LA RAISIN.

Une enfant,
Doux et frêle trésor, que mon amour défend,
Sous mes yeux chaque jour, comme une fleur éclose,
Humble, douce, naïve, et de sa bouche rose
N'ayant laissé tomber qu'un nom, le vôtre, hélas!
Craignant de vous le dire, et vous aimant bien bas,
Heureuse quand vers nous votre cheval vous porte;
La première à paraître au seuil de notre porte,
La dernière à quitter le banc de la maison,

Lorsque vous n'êtes plus qu'un point à l'horizon ;
Suivant d'un œil troublé d'amoureuses alarmes
Votre air calme ou chagrin, votre joie ou vos larmes!

GRIGNAN.

Se peut-il?

LA RAISIN, d'un ton de reproche.

Ah! c'est plus que vous ne méritez!...
Avez-vous seulement un mot, quand vous partez,
Pour cette pauvre enfant qui vous aime et qui pleure?

GRIGNAN.

Mais où donc la trouver?

LA RAISIN.

Près de moi, tout à l'heure,
Elle était là.

GRIGNAN, à mi-voix.

Paquette!...

LA RAISIN.

Oui, Paquette ; à douze ans
Je l'ai prise chez moi, la voyant sans parents;
Mais d'un bon gentilhomme elle a reçu naissance,
Son père a laissé même un nom dans la Provence.
L'aimable et douce enfant!..

PAQUETTE, revenant.

On vient de ce côté,
Madame, c'est Bélus.

SCÈNE IX.

LES MÊMES, BÉLUS.

BÉLUS, en habit de gala, et son chapeau à la main.

Moi-même, transporté,
Ravi! J'ai pu le voir, grâce aux flots de la presse,
Ils sont tous là!... Baron le harangue, le presse.
« Rendez-nous-la, dit-il, grand prince! quel beau jour'
Avec elle, chez nous, Thalie est de retour. »
Si vous aviez pu voir par quelles mains coquettes
Elle était applaudie, hier sur les banquettes ;
Duchesses, commandeurs, vicomtes et marquis,
Tout ce que votre cour offre de plus exquis...

GRIGNAN.

Enfin, qu'à répondu Monseigneur?

BÉLUS.

                      La harangue
Dure encor... Vous savez, Baron a bonne langue.
S'il manquait de mémoire, ô contre-temps fâcheux !
Moi qui ne suis pas là pour souffler !...

LA RAISIN.

                        Avec eux
Ils me perdent, Bélus, les imprudents ; je tremble !
O ciel ! j'entends sa voix !

GRIGNAN.

          C'est Monseigneur !...

LA RAISIN.

                        Ensemble,
Bélus, il ne faut pas qu'il nous trouve.

GRIGNAN.

                    Pour moi,
Je me sauve !...

(Il sort par le premier plan à gauche.)

PAQUETTE.

      Et moi donc !

BÉLUS, courageusement.

                Moi, je reste, ma foi ;
Je n'ai point peur, allez. Ici, comme en province,
Je m'y connais, mordieu !... j'ai soufflé plus d'un prince.

LA RAISIN, montrant la porte premier plan à droite.

Vois ce boudoir, j'y cours ; je t'écoute d'ici.

(Elle y entre.)

PAQUETTE, effrayée.

Et qui me défendra, moi ?...

LA RAISIN, entr'ouvrant la porte.

           Bélus, le voici !
Songe à plaider ma cause !...

BÉLUS, ne sachant où se cacher.

             A mon tour, je tressaille !
Un souffleur, un seigneur, aux prises !... La bataille
Est inégale !... il peut me fourrer en prison !
Cachons-nous là.

(Il se fourre sous la table de droite, Paquette reste au coin.

PAQUETTE.

Comment !...

BELUS, sous la table.

Il entendra raison.
Moi je vous soufflerai.

PAQUETTE, à part.

Le poltron !...

SCÈNE X.

LES MÊMES, LE DUC.

LE DUC, entrant précipitamment et à lui-même.

Sur mon âme,
Ils se sont tous donné le mot. Quoi ! cette femme
Me joue ainsi? chacun plaide sa cause...

(A Paquette.)

Et toi,
N'as-tu donc rien appris? dis, parle, réponds-moi...
Tu persistes ?...

PAQUETTE.

Je fais appel à la justice
De Monseigneur...

LE DUC.

Qui, toi me prier, sa complice !
Tu connais ses secrets, elle te disait tout !...
Prends garde cette fois de me pousser à bout.
Où peut-elle être enfin?... Je la trouve hardie
D'entamer avec moi pareille comédie;
Sans doute elle voulait, au gré de quelque amant,
Sur les planches ainsi remonter un moment,
Se faire désirer, chercher par moi, l'infâme !...
En dépit de la cour aimez donc une femme :
Protégez-la, pour être en ce noble trafic
La dupe de son cœur qu'elle jette au public !

BELUS, passant un peu la tête sous la table.

Il est plus furieux qu'Oreste.

PAQUETTE, bas à Bélus.

A l'aide !... à l'aide !...

BÉLUS, à Paquette.

Dites-lui...

LE DUC.

Moi qui suis un homme à qui tout cède,
Être ainsi, devant tous, depuis hier traité !
Cette lettre par moi surprise... indignité !...

PAQUETTE, bas à Bélus.

Soufflez-moi.

(Au Duc.)

Monseigneur, je ne sais que répondre.

LE DUC.

Quoi je ne saurai rien ? Oh ! c'est à me confondre !
(A part.)
Ce Canillac est-il seulement de retour ?
(Haut.)
Tu veux jusqu'à la fin employer le détour !
Tu ne parleras pas ?...

PAQUETTE.

Si je ne puis rien dire,
Peut-être il est quelqu'un qui pourra vous instruire.

LE DUC.

Quelqu'un, dis-tu ? quelqu'un ?

PAQUETTE.

Sans doute.

LE DUC.

En quel endroit
Est-il donc ?... S'il m'échappe, il sera bien adroit.

(D'un air blessé.)

Fais-le venir, j'attends !...

PAQUETTE, tourmentant le tapis de la table.

Il est dans cette salle.

LE DUC, cherchant des yeux.

Ici ? je ne vois rien.

BÉLUS, à part, soulevant un peu le tapis.

Je dois être bien pâle !

PAQUETTE, le découvrant tout à fait et le montrant au Duc.

Ne le voyez-vous pas ?...

LE DUC.

Quoi ! sous ce tapis-là ?

Cet homme, quel est-il ?

BÉLUS, sortant lentement, et d'un ton d'humilité comique.

Un homme qui souffla
Pendant vingt ans, du mieux qu'il put dans la province
Des acteurs fort peu sûrs de leur mémoire... ô prince !
La mienne me sert mieux, car le roi m'a donné
Deux cents écus le jour où Monseigneur est né ;
Et je m'en souviendrai durant toute ma vie,
Comme d'un jour heureux et qui doit faire envie.

LE DUC, dédaigneusement.

Un souffleur !...

BÉLUS, se redressant.

Vraiment oui, c'est mon emploi. Le sort
Fait que par moi souvent la pièce aille à bon port ;
Puissé-je en ce moment, plus fier de ma manœuvre,
A mon prince, en ce jour, souffler un bonne œuvre !

PAQUETTE, à Bélus.

Fort bien !...

LA RAISIN, entrebâillant la porte.

Courage !...

BÉLUS.

Ici, je suis un peu surpris,
Notre scène n'a pas tant d'or sur ses lambris,
Tant de pompe, d'éclat, de splendeur, de noblesse !
Sur elle, cependant, un œil royal s'abaisse
Quelquefois, non pour nous ; mais un astre charmant
Qui brille dans notre ombre, étoile ou diamant,
Nymphe ou péri, qu'importe ? éblouit et captive
Celui qui lui prêtait une oreille attentive,
Qui lui donne bientôt son cœur en l'écoutant :
Dans la bouche qui plaît les beaux vers plaisent tant !
Avec celle qu'on aime on est d'intelligence,
On interroge tout, son regard, son silence ;
Quand elle arrive en scène, on l'y suit plein d'effroi.
On palpite, on pâlit, oh ! oui... fût-on le roi !
Elle est si belle !...

LE DUC.

Un mois après elle se joue
De notre amour ! Du fard sur le cœur et la joue !

BÉLUS.

Monseigneur est bien dur !

LE DUC.

Je suis juste.... Pourquoi
Enfreindre ma défense et se jouer de moi ?...
J'étais son seul ami...

BÉLUS.

Moi j'en connais un autre
Qui la chérissait bien !

LE DUC.

Et quel est-il ?

BÉLUS.

Le nôtre,
Le public ! Toute jeune il la couvrit de fleurs ;
Il la prit orpheline, endormit ses douleurs.
Elle était bien à plaindre alors ! la faim cruelle
L'assiégeait ; notre troupe était pauvre comme elle,
Monseigneur ; mais le ciel sourit à ses essais :
Londres même applaudit à ses premiers succès,
Et quand elle revint des bords de la Tamise,
Chez elle, chaque soir, notre table était mise.
Molière était mal de, elle l'a secouru.
Nous l'aimions tous ! Aussi quand elle a reparu,
Dans le fond de mon trou, moi j'essuyais la trace
D'une larme !... Pour elle !... oh ! je demande grâce !
Notre deuil était sûr, il semblait que le sort
Du jour de son départ nous eût frappés de mort ;
Elle a voulu pour nous revoir son ancien maître.
A bon droit le nouveau s'en irrite peut-être ?
Mais il est noble, juste, il sait que le pardon
Est un droit dont à nul il ne fait abandon ;
Que dans sa bouche, un mot, un seul mot peut sur l'heure
Ramener à ses pieds une femme qui pleure,
Qui souffre, qui gémit d'avoir pu l'offenser.
Ce mot coûte-t-il donc autant à prononcer,
Monseigneur ?...

(A Paquette.)
Il est pris.

PAQUETTE, bas à Bélus.

Bravo!...

BÉLUS.

Je suis en nage!...

J'aimerais mieux souffler du Pradon!

LE DUC, après un temps.

Pour otage

Je te garde.

BÉLUS.

Ce m'est, à coup sûr, grand honneur.

LE DUC.

Si tu mens, gare à toi!

BÉLUS.

J'ai dit vrai, Monseigneur.

Elle est là, près de vous; quittez cet air sévère.

LE DUC.

Près de moi?...

SCÈNE XI.

LES MÊMES, CANILLAC, accourant.

CANILLAC, vivement au Duc.

Je l'ai vue; elle était en prière

Au couvent.

BÉLUS, à part.

Peste soit, ma foi, de l'importun!

LE DUC.

Tu l'as vue!... au couvent?

CANILLAC.

Oui, Monseigneur.

LE DUC, à part.

Quelqu'un

Des deux me ment!... (A Canillac.) Tu dis...

CANILLAC.

C'est la vérité pure.

Elle achevait alors une sainte lecture.
Je sors édifié de son recueillement.

BÉLUS, à part.

Je voudrais, pour ma part, le tenir un moment,
Ce diable de marquis!...

PAQUETTE, à part.

Comment allons-nous faire
Avec le chevalier? (Bas à Bélus.) Bélus, il faut vous taire.

BÉLUS.

Pourquoi?

PAQUETTE, bas.

Vous le saurez.

LA RAISIN entre doucement et vient au milieu.

Monseigneur, me voici.
Bélus vous a dit vrai.

CANILLAC, surpris.

Comment! elle est ici?

(Haut.) Madame!...

LA RAISIN.

Monseigneur...

CANILLAC.

Ma surprise est extrême!
Je suis sûr, cependant, là, comme de moi-même,
D'avoir vu...

LE DUC.

Laissez-nous. (A part.) C'est d'elle que je veux
Savoir la vérité.

(Il fait un signe, tout le monde se retire. La Raisin a tendu sa main à Bélus à sa
sortie.)

SCÈNE XII.

LE DUC, LA RAISIN.

LE DUC, après une pause.

J'ai droit à vos aveux,
Madame, expliquez-vous. (A part.) Contenons ma colère.

LA RAISIN.

A son maître toujours on a tort de déplaire,
Oui, ce crime est le mien; c'est vrai, je vous ai fui;
Oui, je reviens coupable et me livre aujourd'hui.
Mon châtiment est prêt, je l'attends sans murmure.

Ordonnez, Monseigneur! Quelle peine assez dure
Peut m'atteindre? Jugez! j'ai fait du bien sans vous;
J'ai, pour des malheureux, bravé votre courroux.
Voyons, punissez-moi de cette rare audace!
Je ne viens point ici prier, demander grâce;
Non, je me rends justice.

LE DUC, désignant le rapport sur son bureau.

Ainsi, dans ce rapport

Tout est fidèle?...

LA RAISIN.

Tout; j'en demeure d'accord.

LE DUC.

Vous parûtes hier dans cette comédie?

LA RAISIN.

Hier...

LE DUC.

Pour couronner cette action hardie,
Madame, vîtes-vous l'auteur de ce billet?

LA RAISIN.

Je l'ai vu.

LE DUC, vivement.

Nommez-le; quel motif vous liait
Avec cet inconnu? Son audace réclame
Un public châtiment. J'attends son nom, madame,
La Bastille est un lieu commode pour penser,
Et je songe vraiment à le récompenser.

LA RAISIN, avec un effort jené.

Quoi! la prison?...

LE DUC.

Sans doute; avec un pareil homme,
Doit-on tarder?

LA RAISIN, même jeu.

Mon Dieu! qu'ici je vous le nomme?
Ah! c'est affreux!

LE DUC.

Affreux? Auriez-vous fait serment
De le sauver? Voyons, quel est donc cet amant?
Son nom?...

LA RAISIN.

Vous l'exigez?...

LE DUC.

Oui, nommez-moi l'infâme!

LA RAISIN.

Eh bien!... j'obéirai... C'est...

LE DUC.

C'est?...

LA RAISIN.

C'est une femme;

Ma sœur !

LE DUC, à part.

Sa sœur !...

LA RAISIN.

Et si vous pouvez en douter,
J'ai d'autres billets d'elle, on peut les consulter.
Eh bien! l'enverrez-vous ce soir à la Bastille?

LE DUC.

Sa sœur!...

LA RAISIN.

Oh! croyez-moi, c'est une pauvre fille
Que son amour pour moi rend injuste pour vous;
Plaignez-la, sans tirer sur elle les verrous...
Sa lettre est un placet écrit à mon adresse...
Elle savait, hélas! notre troupe en détresse,
Voilà pourquoi son cœur du mien s'est souvenu;
Par elle, j'en conviens, vous fûtes méconnu,
Mais en me ravissant à cette sœur si chère,
Vous aviez bien un peu mérité sa colère!...

LE DUC, après un temps.

Soit! mais n'aviez-vous pas en mes mains abjuré
Le théâtre à jamais contre moi conjuré?...

LA RAISIN.

Et depuis quand la cour hait-elle le théâtre?...
A votre âge, le roi s'en montrait idolâtre.
Mon crime est d'avoir pu de vos yeux me bannir
Pour un soir... Mais aussi je prétends me punir.

LE DUC.

Qui, vous?

LA RAISIN.

Moi!

LE DUC.

Raillez-vous?

LA RAISIN.

                    Non, et je prétends faire
De ma punition une chose exemplaire.
Vous-même, sur ce point, je veux vous consulter,
Et c'est pour le couvent que je vais vous quitter.

LE DUC.

Me quitter pour le cloître?

LA RAISIN.

                    Eh! vraiment oui, vous dis-je.
Le cloître a ses douceurs; est-ce un si grand prodige
Qu'on hésite à changer contre un pareil séjour
Les ennuis, les chagrins et les amours de cour?
Se lever avec l'aube, assister à matines,
Lorsque sonnent pour nous les cloches argentines,
Sous la guimpe flottante ensevelir ces yeux
Que tant de conseillers trouvaient pernicieux,
Elever une fleur éclose à sa fenêtre,
Vivre, prier, dormir, sans nul souci d'un maître,
Libre de sa pensée autant que de son cœur.
Et se moquant enfin de ce monde moqueur;
De paix et de vertu quel plus heureux ensemble?...
Quel parti plus décent? dites, que vous en semble?...

LE DUC.

Mais...

LA RAISIN.

        Vous hésiteriez... pour ma conversion!
Encouragez plutôt cette vocation,
Faites-moi renier les pompes de Molière.
Quoi! cette cour n'aurait qu'une la Vallière?
Il en faut deux, je suis la seconde, ce soir,
Et mets entre nous deux les grilles d'un parloir.

LE DUC.

Raisin !

LA RAISIN.

N'estimez pas trop haut ce sacrifice,
A mes adorateurs d'hier je rends justice.
D'Estrade écrit fort bien, De Guiche excelle en tout,
Marcillac et Grammont eurent pour moi du goût,
En me voyant hier reparaître à la scène;
Tous m'ont écrit, voyez, cela sent la verveine!...
L'ambre!... l'œillet!... eh bien! tous ces billets galants
Que prouvent-ils? Mon Dieu! que l'on a vingt-cinq ans.

LE DUC.

Elle a dit vrai, voilà, par ma foi, du La Fare,
Du Seignelay!...

(Haut.)

Chacun devait sonner fanfare
En votre honneur.

LA RAISIN.

Ah! c'est l'effet de mon retour,
Hier, vous le voyez, j'avais aussi ma cour!

LE DUC.

Permettez...

LA RAISIN.

Mais aussi, vous approuvez, je pense...
Mon projet de retraite?

LE DUC.

Encor?

LA RAISIN.

Tout se compense,
J'expie à ce couvent mes erreurs d'autrefois.
Ne vous désolez point, vous viendrez... quelquefois...

LE DUC.

Vous partez?

LA RAISIN.

Il le faut.

LE DUC, l'arrêtant.

De mon choix je suis maître.
Me séparer de vous! vous l'avez cru peut-être.

Je fus jaloux, cruel, injuste, ce matin,
Mais vous voir suffisait pour changer mon destin.
Le moindre mot tombé d'une lèvre chérie
Nous ramène si vite à notre idolâtrie !
Mon cœur a deviné le plus cher de vos vœux.
Je ne vous quitte plus, vous restez, je le veux !...
Non comme une maîtresse, hochet brillant, splendide,
Vous méritez, Raisin, un lien plus solide.
Et dût-on m'en blâmer, je veux que cette main...

LA RAISIN, à part.

Qu'entends-je ?...

LE DUC.

Elle est à vous, unissons-nous demain,
Je vous épouse.

LA RAISIN.

Moi ?...

LE DUC.

Vous ! je vous fais l'arbitre
De mon sort.

(Il tombe à genoux.)

LA RAISIN, souriant.

De Cyrus je crois lire un chapitre.

(A part.)
Pauvres hommes ! voilà ce que l'amour en fait !...

LE DUC.

Douteriez-vous de moi ?

LA RAISIN.

Duc, un pareil bienfait...
Relevez-vous !...

LE DUC.

J'attends.

LA RAISIN, partant d'un éclat de rire.

Ah ! ah ! la bonne scène !
Si le roi vous voyait aux pieds de Célimène !

(Elle rit de nouveau.)

LE DUC, stupéfait.

Vous riez ?...

4.

LA RAISIN.

Voulez-vous me punir d'avoir ri ?
En vous voyant, hélas ! je pense à mon mari.
Pauvre Raisin ! un duc lui succéder ! Molière
En rirait plus que moi, sa très-humble écolière !
(D'un ton sérieux.)
Cessons ce badinage, oublions tout ceci.

LE DUC.

Quoi !...

LA RAISIN.

Mais ne croyez pas vous trouver quitte ainsi ;
A l'hôtel de Bourgogne il faut un patronage.
Oui, même après le mien... Je veux le vôtre... Un gage...
Voyons.
(Elle lui tend la main, le Duc s'en empare et y dépose un baiser. Riant.)
L'acte est signé.

LE DUC.

Vous jurez d'oublier

Votre amour du couvent ?

LA RAISIN.

Un autre, un chevalier,

M'y remplaça.

LE DUC.

Vraiment ?...

LA RAISIN.

Dans ce lieu vénérable,

Il est entré pour moi, c'est être bien coupable,
Monseigneur ; cependant rendez-lui vos bontés.

SCÈNE XIII.

LES MÊMES, GRIGNAN, puis BÉLUS et PAQUETTE.

GRIGNAN, sortant du premier cabinet à gauche, avec une componction hypocrite.

De mon maître en ce lieu j'attends les volontés...
Une nuit au couvent rachète bien des fautes !

LE DUC, à part.

C'était lui!...

LA RAISIN.

Pour punir des trahisons si hautes,
N'allez pas lui trouver un trop dur châtiment.

LE DUC.

Le sien est prêt, je l'ai.

LA RAISIN.

Quoi donc?...

LE DUC.

Un régiment.
Il partira demain, quelqu'un me le demande,
Et j'ai promis.

PAQUETTE, entrant avec Bélus et à part.

Quelqu'un?

LE DUC, donnant un papier à Grignan.

Voyez ce qu'on me mande,
Monsieur... Lisez tout haut.

GRIGNAN, lisant.

« J'adjure Monseigneur,
» Pour moi, pour mon repos, comme pour mon honneur,
» D'accorder à monsieur de Grignan, en Champagne,
» Un régiment, afin qu'il tienne la campagne
» Six mois au moins... »

LA RAISIN et PAQUETTE.

Six mois!...

GRIGNAN, continuant.

« Je crains son fol amour;
» J'en suis guérie enfin, je ne l'aimai qu'un jour.
» Diane. »

LE DUC.

Ce départ n'a pas l'air de vous plaire.
(Lui montrant le *post-scriptum*.)
Et plus bas : « Mon mari se joint à ma prière. »
Deux contre un, jugez-en, pouvais-je refuser?

GRIGNAN.

Diane! La perfide! à ce point m'abuser!
(Il jette la lettre à terre avec dépit.

LA RAISIN, à Grignan, à mi-voix.

Je m'en vengerais bien par un bon tour de page!

GRIGNAN.

Comment?...

LA RAISIN.

En lui mandant aussi mon mariage!
Vous faites l'étonné, vous ouvrez de grands yeux?
Chevalier, la vengeance est le plaisir des dieux...
Et des pages aussi... Prouvez-le, la coquette
Mourra de désespoir au seul nom...

GRIGNAN.

De?...

LA RAISIN, bas à Grignan.

Paquette!...

GRIGNAN, étonné.

Paquette!

PAQUETTE.

Chevalier...

GRIGNAN, à part.

Mon Dieu! sur son amour
Me serais-je mépris?

(A La Raisin.)

Moi, l'épouser un jour!

LA RAISIN, vivement en passant près du Duc.

Monseigneur fait la dot?...

BÉLUS, qui a suivi tous ces mouvements, dit à part à droite.

Mari...

(Au Duc.)

Ma foi! j'espère
Que la conversion, monseigneur, est sincère.

GRIGNAN.

Mari! mari par ordre!... Ah bast!

(A Paquette.)

Sur ce ruban,

Je jure d'être à toi...

BÉLUS, à part.

Bon! serment de forban,

J'en suis sûr.

PAQUETTE, à Raisin.

Ah ! sans vous...

LE DUC.

Chevalier, je t'engage
Pour Paquette, à rester dès lors dans ce voyage
Un peu moins de six mois...

GRIGNAN.

Avec deux, Monseigneur,
Je reviens colonel !

LE DUC, à Bélus.

Eh bien ! notre souffleur,
Êtes-vous satisfait ?... A chacun je pardonne.

BÉLUS.

Même à moi, monseigneur?...

LE DUC.

Oh ! pour toi, je te donne
Six cents écus.

BÉLUS.

A moi ?

LE DUC.

Pour m'avoir bien soufflé.

BÉLUS.

Quoi ! mon petit trésor par vous serait triplé?...
(A La Raisin.)
C'est pourtant grâce à vous !

LE DUC.

Mais, dans ton ministère,
Tu ne souffleras plus madame, je l'espère ?...

BÉLUS, au Duc.

Je le jure ; aussi bien, je renonce à l'emploi,
Monseigneur, j'ai donné mon dernier souffle au roi !
(Le Duc baise la main de La Raisin, tandis que Grignan et Paquette la remercient.

FIN.